ORAISONS FVNEBRES,

SVR LA MORT DV TRES-CHRESTIEN, ET INVINCIBLE MONARQVE LOVYS XIII. ROY DE FRANCE ET DE NAVARRE.

L'VNE PRONONCEE DANS L'EGLISE DES Freres Prescheurs de Guingamp, le 19. de Iuin, en presence de Monseigneur l'Illustriss. & Reuerendiss. Euesque-Conte de Treguier: Et l'autre dans l'Eglise des Religieuses Carmelites de ladite Ville, le 20. de Iuin 1643.

Par le R. P. F. LOVYS DOVBLET, *Religieux dudit Conuent des FF. Prescheurs.*

DEDIEES A MONSEIGNEVR L'ILLVSTRISS & Reuerendissime Euesque & Seigneur de S. Brieuc.

A S. BRIEVC,
Par GVILLAVME DOVBLET, Imprimeur & Libraire.
M. D. C. XXXXIII.

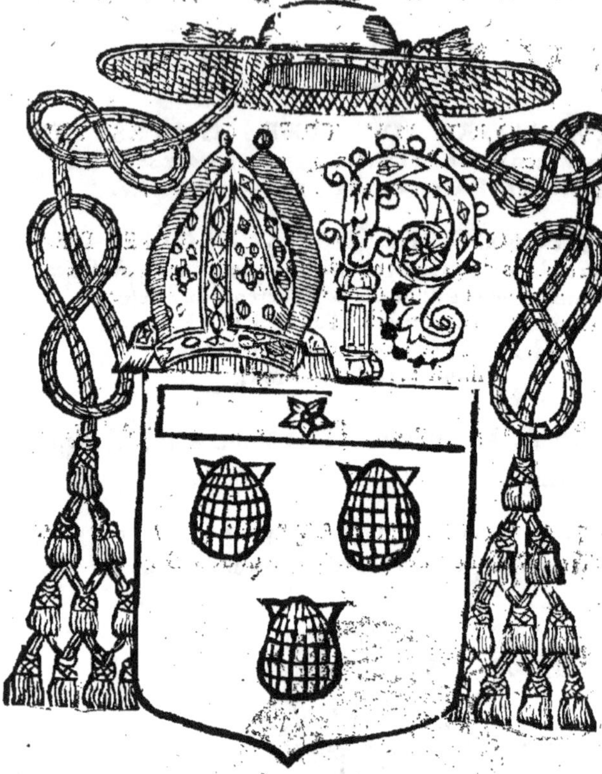

A MONSEIGNEVR MONSEIGNEVR, L'ILLVSTRISS. ET REVERENDISS. DENIS DE LA BARDE, Euesque & Seigneur de Sainct Brieuc, Conseiller du Roy en ses Conseils, &c.

MONSEIGNEVR,

Ces Cahiers que i'offre à vostre Grandeur demandent l'honneur de sa protection, à l'exemple de ceux que les Estats de Bretaigne ont commis à sa fidelité. Elle est employée à procurer le bien public de ceste Prouince, qui luy a commis ses interests; qu'elle ne veille pas moins au bien particulier de ceux qui l'attendent entierement de son assistance. La France vous regarde comme la gloire de ses Prelats, la Sorbonne, comme la lumiere de ses Docteurs; la Bretaigne, comme son support; vostre Euesché, comme son Pere; & moy, comme mon Bien faicteur. Pour recognoissance des faueurs signalées, dont il vous a pleu m'obliger, ie me suis hazardé de produire ces Oraisons Funebres, en me produisant à la censure d'un chacun. Un tres-digne Euesque en a desia honoré l'une de son audience & de son approbation; ie seray trop heureux si vous les approuuez, & lisez toutes deux. Auec douleur ie les ay composées, auec larmes ie les ay prononcées, qu'auec confusion ie ne les expose pas à la subtilité de vostre Esprit, le Phenix de ce siecle. La matiere est bien differente de celles que i'eu l'honneur de faire à vostre ioyeuse arriuée, mais la necessité leur est égale de vostre bien veillãce. C'estoit alors un temps de triomphe, c'est maintenant un temps de regrets : alors mes discours estoient animez d'allegresse, & maintenant ils sont destituez de vigueur. Il est vray que ceux là n'eussent point eu de vertu, si vostre presence ne la leur eust inspirée: ce qui me fait esperer que vous viuifierez ceux cy par vos regards fauorables.

Mais ie crains, Monseigneur, d'estre importun à vostre douleur, d'autant plus sensible, que vos entretiens auec sa Majesté vous ont donné des cognoissances plus particulieres de ses perfections. Vous déplorez auec subject la perte d'un si bon Roy, qui vous a monstré tant de preuues de son affection, qui a recogneu publiquement vos merites par les charges eminentes où il vous a employé; & qu'enfin apres vous auoir confié les affaires du Clergé de France, vous a eleué à ceste haute dignité, où tout le monde vous admire. Ie vous contemple auec respect dans ce throsne de gloire, deuant lequel ie me prosterne, vous suppliant de jetter les yeux sur ceste Famille des FF. Prescheurs, qui vous est toute acquise, & d'aggreer les vœux, les seruices, & les hommages de

MONSEIGNEVR,

Vostre tres-humble, &
tres obeissant seruiteur,
F. LOVIS DOVBLET.

ORAISON FVNEBRE,

PRONONCÉE EN L'EGLISE des FF. Prescheurs de Guingamp.

Qui sequitur Iustitiam & Misericordiam, inueniet vitam. Prouerb 21. c. Qui suit la Iustice & la Misericorde, trouuera la vie. Prouerb. 21. c.

IE ne sçay si ie doibs ou me plaindre du tort que le Ciel a fait à la France, luy rauissant son Roy; ou me réjouïr de la gloire dont il l'a couronné. Les Apostres estoient en la mesme peine, quand le Sauueur les quitta : car d'vn costé son absence les affligeoit, & d'vn autre il leur commandoit d'estre bien ayses de son depart. Ce nous est à la verité vne matiere de consolation de sçauoir par le témoignage de l'Escriture, que nostre Roy regne là haut, puis qu'il a tousiours suiuy la Iustice & la Misericorde, *Qui sequitur Iustitiam &c.*

Les Romains ont voulu faire croire à la posterité que leur premier Roy Romulus auoit esté enleué dans le

Ciel comme il haranguoit deuant le peuple : & vn certain Iulius Proculus déposa auoir receu cómandement de sa part de celebrer sa Feste. Nous ne cherchons point de faux témoins pour prouuer la beatitude de nostre Roy : le S. Esprit en est le garand, qui a declaré bienheureux celuy qui suyt la Iustice & la Misericorde. Or il a tousiours marché par ces deux voyes, sans détourner ny à droict ny à gauche, en la presence du Seigneur, qui tient le mesme chemin dans toutes ses procedures, *Omnes viæ Domini misericordia & veritas.* Et par consequent il est arriué au terme de la felicité, où ces sentiers aboutissent. Cette asseurance arrestera vn peu le cours des larmes, pour donner passage aux paroles & trefue à la douleur, qui accable nos esprits. Mais ne perdons point le temps, puis que nous en auons si peu à discourir des diuines Perfections de nostre feu Roy Tres Chrestien.

L'Ascension du Roy de gloire dans le Ciel fut accompagnée de celle du Roy de France, qui au mesme iour alla prendre possession du Royaume celeste, dont le sien n'estoit que la figure. Son Ame dégagée des affections de la terre, ne demandoit pas mieux que d'estre dégagée du Corps, pour suyure son Sauueur, qui d'vn vol imperceptible s'éleuoit dans les airs. Ses souhaits furent accomplis d'assés bonne heure, pour se joindre à la trouppe des Roys & des *Saints*, qui faisoient escorte au Triomphant. L'arriuée de son Ame Royalle arresta cette compagnie au milieu de la course, par l'éclat de sa lumiere, qui offusquoit celle des Astres & de plusieurs de ces Iustes. Le General de cette armée victorieuse fit alte, pour la caresser, & luy rendre les honneurs deubs à sa vertu inuincible, qu'elle a toujours humblement deferés à sa diuine Majesté. Si ie vous disois que le plus sainct des Roys de Iudée, qui marchoit immediatemét apres le Redépteur & animoit cette trouppe d'élite par le son de sa harpe, déposa son Sceptre & sa Couronne, pour luy faire la reuerence; vous prendriés pour feinte cette verité. Ne pensés pourtant pas que ie parle à plaisir : encore que Dauid ait arriué il y a long temps dans le Ciel, il n'a pas delaissé d'en sortir, aussi bien que I. C. & ses *Saints*, pour venir au deuant de cette belle Ame & la conduire dans le sejour de l'Immortalité. Est ce la premiere fois que cét honneur si iuste a esté rendu aux Amis de Dieu? Ie pourrois le prouuer par l'Euangeliste Saint Iean, que son Maistre vint retirer de la terre & amener dans le Ciel: si ie n'en auois vn exemple plus propre dans son Parent S. Louys, qui vid dés ce monde toute la Cour Celeste en ordre de le receuoir, puis qu'il dit en partant : *J'entreray, ô mon Dieu, dans vostre maison, ie vous adoreray en vostre temple & confesseray vostre Nom.* Ie n'ay que faire de m'arrester en vn si beau chemin, ny craindre des oppositions contre ce sentiment public de tout le monde. Suiuons nostre Monarque, deuant qui tous les Anges s'abbaissent, s'écrians auec admiration : Qui est ce Roy de gloire, qui vient du costé de la France, plus brillant que le Soleil? Vous le connoissés bien, ô Esprits Celestes, mais vous prenés plaisir à demander qui c'est, pour entendre discourir de ses vertus, qui vous sont familieres. Ie voudrois estre capable de les vous racôter, mais vous sçauës bien qu'elles sont inexplicables.

I'en diray ce que ie pourray pour vous contenter, & consoler les cœurs de cette assistance noyés dans l'amertume. Mais ie crains que par vn effet tout contraire ie n'augmente, au lieu de diminuër l'excés de la douleur, qui nous reduit aux abois Si ie represente les Perfectiõs, qui le rendoient aymable à Dieu, admirable aux Anges & venerable aux hommes: n'est ce pas renouueler la playe, en rafraischissant l'idée qui l'entretient?

N'importe, ie ne m'en soucie point, puis qu'elle est incurable. Pourquoy, ô France, cherche tu des lenitifs à ta douleur, qui ne la sçauroient guerir? *Quid clamas super cõtritione tua? insanabilis est dolor tuus.* Le vray moyē de te consoler, est de te monstrer le iuste subject de ton affliction, & te prouoquer dauantage aux larmes par la representation de ton mal-heur. Ie ne sçaurois mieux dépeindre ton infortune, qu'auec les tristes couleurs de ta perte; ny ta perte, qu'auec le crayon des grandeurs de l'inuincible Heros que tout le monde déplore.

Hier. 30. e.

Escoutez donc, ô Anges, ô Hommes, ô Ciel, ô Terre, combien Iuste & Misericordieux a esté nostre Roy. La Iustice & la Misericorde, qui sont les deux plus éclattans Attributs de Dieu, & les deux plus belles qualitez de Louys le Iuste, seront les deux points de ce discours.

de ce discours.

Le Roy des Roys est Iuste, & ayme la Iustice; *Iustus Dominus, & Iustitias dilexit.*

Qu'il punisse les meschants, ou qu'il leur pardonne, la Theologie appelle l'vn & l'autre Iustice, car la peine conuient à leur demerites, & le pardon à sa bonté. Ce sont les termes de Sainct Anselme, rapportez par Sainct Thomas *Cùm punis malos iustum est, quia illorum meritis conuenit; cùm verò parcis malis, iustum est, quia tuæ bonitati condecens est* Afin neantmoins qu'on ne s'y trompe pas, il faut distinguer deux especes de Iustice, dont vne est exclusé des attributs diuins. Le Philosophe les designe par des noms differens, depeur de les confondre. L'vne s'appelle commutatiue, & l'autre distributiue La commutatiue consiste à donner & à receuoir; mais la distributiue doit rendre à vn chacun ce qui luy appartient. La premiere n'est pas en Dieu, à cause de l'abondance de tous biens qui ne luy permet pas d'en receuoir des creatures. *Quis prior dedit ei, & retribuetur ei?* Mais la seconde luy conuient par éminence, comme au Gouuerneur general de tout l'vniuers. Par ceste Iustice il distribuë l'estre purement intellectuel aux Anges, le raisonnable aux hommes, le sensible aux animaux, le vegetable aux plantes, & le corporel à tous les composez. Par ceste Iustice il regle le mouuement des Cieux, le cours du Soleil, les periodes des Planettes, & les conserue tousiours en mesme estat. Par ceste Iustice encore il gouuerne les choses de ce bas monde, il regit

1. p. q. 21. a. 1.

Ad. 3.

Ib. o.

les Royaumes, les Prouinces, & mesme les familles des particuliers. De sorte que comme l'ordre qui paroist dans vne maison bien reglée, ou dans vne multitude conduitte par vn Chef, est vne marque de la iustice du Directeur ; De mesme la disposition de toutes les parties de l'vniuers, tant naturelles que volontaires, publient hautement la iustice de Dieu.

C'est la raison qui a meu tous les Peuples à donner vnanimement au Feu Roy le titre de Iuste : car estans tesmoins de l'ordre de sa conduite, qui esclattoit autant dehors que dedans le Royaume, non seulement ses Sujets, mais encore tous les Estrangers ont conuenu dans vn mesme sentiment de sa Iustice, & en ont adiousté l'Epithette à la gloire de son Nom.

Dés qu'il fut arriué à la Couronne, il vacqua au reglement de ses Sujets, il mit ordre aux prouisions des Benefices, des charges, des Offices : il assembla les trois Estats, & suyuant leurs remonstrances, examinées en son Conseil, il fit des Ordonnances touchant les Ecclesiastiques, les Iuges, les Capitaines, & autres vacations : en vn mot il n'a rien laissé requis à vne parfaitte Police. Il monstra dés lors que sa principale intention estoit de rendre son regne recommandable par les marques de la Iustice.

1. p. q. 21. a. 1. ad. 2.

Dieu est iuste en ce qu'il opere tout selon le conseil de sa volonté, comme parle l'Apostre, *Deus omnia operatur secundùm consilium suæ voluntatis.* Car il agit conformément à sa volonté, & il ne peut vouloir que ce qui a du rapport à sa sagesse.

Nostre Roy a suiuy en toutes ses iustes Ordonnances & procedures, l'aduis de son Conseil ; qui ne pouuoit assez approuuer ses desseins, tant ils estoient remplis de prudence. La Iustice en Dieu dit quelque fois vne bien-seance de sa bonté, & quelque fois vne recompense : Mais en nostre Roy elle estoit tousiours la mesme bonté, car toutes ses recompenses surpassoient les merites. Encore que la Iustice regarde l'acte, & le bien de l'essence, selon Boëce elle n'est pas moins l'essence de Dieu: car ce qui est de l'essence d'vne chose, peut bien estre le principe de l'operation. ib. ad. 3. ib.

Pourquoy nostre Roy estoit il surnómé le Iuste, sinon parce que la Iustice l'animoit comme sa forme, & donnoit le bransle à toutes ses actions ? Vous me direz que la volonté a ceste prerogatiue particuliere de mouuoir le reste des puissances, & qu'elle mesme est le principe de ses actes. Ie ne veux pas luy disputer cét aduātage, qui n'empesche pas pourtant que la Iustice ne soit la cause des actions iustes. La volonté est vne puissance vniuerselle, indifferente à diuerses operations ; n'a elle donc pas besoin de la conduitte des habitudes, qui déterminent son inclination vagabonde ? Toutes les actions de Louys le Iuste ont esté equitables, parce que la Iustice regloit sa volonté, qui ne s'est iamais departie de ses Loix. Il a tousiours persisté dans la resolution & dans l'execution de son premier dessein, que ceste vertu luy a donné, de maintenir ses Peuples en leur de- 1. 2. q. 6. a. 1. 1. 2. q. 49. a. 4.

uoir, & de ne faire tort à personne. Quand ie cherche
2 2. q. 58. a. 1. la definition de la Iustice, ie n'en trouue point d'autre chez les Iurisconsultes, qu'vne perpetuelle & constante volonté de rendre à vn chacun ce qui luy appartient.

Pour entendre ce qu'ils veulent dire, & en faire l'application, il faut sçauoir que toute habitude doit estre volontaire, ferme & stable, pour meriter le titre de vertueuse; car comme dit le Philosophe, il est requis à vn acte de vertu, que l'agent cognoisse la fin conuenable, qu'il y vise, & qu'il soit constant en son operation. Trois conditions encloses en la definition de la Iustice, car elle est volontaire, & par consequent elle presuppose la cognoissance de la fin, elle est constante, & n'a point d'autre but que de conseruer le droict. Vous voyez que la volonté de nostre iuste Monarque a demeuré ferme dans ceste resolution, & quil n'a point eu d'autre soing, d'autre exercice, d'autre occupation. Quel Nom pouuoit donc luy estre attribué plus iustement que celuy de Iuste, puisqu'il veilloit si diligemment à la conseruation de la Iustice? *Iustus dicitur, quia ius custodit*, dit Sainct Isidore. Les ennemys mesmes de l'Estat estoient contraincts d'auouër, que iamais Prince n'auoit mis vn si bon ordre dans la France, & le regardoient comme le clair miroir de la Iustice. Les vœux qu'il presentoit au Ciel estoient exaucez, ses desseins accomplis, ses victoires frequentes & signalées, par ce qu'il combattoit auec les armes de la Iustice, *per arma Iustitiæ virtutis Dei*. Son Regne a plus fleury que celuy de tous ses Deuanciers : ses années ont esté courtes, mais heureuses, sinon en ce poinct ; toute sorte de bon-heur luy en a voulu, d'autant que la Iustice attiroit sur son sacré Chef les benedictions du Ciel. Les miseres n'ont peû interrompre la tranquillité du repos de la France, car il la tenoit à couuert sous le Manteau Royal de la Iustice. Le Messie auoit au lieu de ceinture la Iustice, comme le predit Isaë, *Et erit Iustitia cingulum lumborum eius.* Mais nostre Monarque en estoit tout reuestu, & pouuoit mieux dire que Iob, *Iustitiâ indutus sum, & vestiui me sicut vestimento.* O vestement enrichy de toutes les vertus, beaucoup plus precieuses que les perles ! O vestement pareil en couleur & en durée à celuy des Cieux ! O robe incorruptible, & plus estroictement attachée à son Ame que le Corps, appellé par Anaxagore son habit, puisque la mort qui a fait la dissolution de ces deux parties, ne l'en a peu despoüiller. Le Fils de Dieu souffrit par le cruel effort des tourmens, la separation de son Ame bien heureuse, & de son sacré Corps : mais la Diuinité n'abandonna ny le Corps dans le Tombeau, ny l'Ame dans les Limbes. Ie ne veux pas dire que l'vnion de la Iustice auec l'Ame de nostre Iuste Roy, fut substantielle comme celle là, mais elle n'a esté non plus qu'elle rompuë, & l'esgallera dans sa durée. L'ame du Sauueur du monde estoit reuestuë de lumiere, 3. p. q. 45. a. 2. & son Corps d'vn chetif habit, car la clarté retenuë au dedans, ne se répendoit point au dehors, à cause qu'elle n'estoit pas conforme à la condition du voyageur.

L'Ame du Sauueur de la France estoit entourée des splendeurs de la Iustice, mais il detestoit le luxe des habits qu'il condamnoit par ses loix & par son exemple. Il a esté semblable, non à ce Soleil materiel, qui fait parade de sa lumiere, mais au Soleil de Iustice, qui en empeschoit le transport par vn miracle continu : car en effect son humilité ingenieuse taschoit par toutes sortes d'artifices de couurir le brillant de ses vertus.

Mais auec toute sa diligence elle n'a peu si bien faire que tout le monde n'en ait esté esclairé.

Les Anges brusloient du desir d'enuisager le Fils de Dieu dans les habits de gloire, dont il s'estoit despoüillé pour venir en ce monde : mais ils ne joüirent de ce contentement qu'apres son retour triomphant dans les Cieux. Combien de fois ont ils essayé de contempler la belle Ame de nostre Prince au trauers du voile de son Corps ? mais l'accomplissement de leurs souhaits a esté retardé iusques au iour de sa glorieuse Ascension.

La Diuinité habite en Iesus & en luy pareillement ; puisque l'Ame du iuste est le siege de la Sapience eternelle. *Anima iusti sedes est sapientię.* Il auoit en main le Sceptre de la France, & Dieu auoit le gouuernement absolu de ses passions : il regnoit en la terre, & Dieu en son cœur : il donnoit des Loix aux Peuples, & il les receuoit de Dieu, souuerain Legislateur. Aussi Dieu l'a rendu illustre entre tous les Roys, & l'a glorifié par dessus tous ses Predecesseurs. *Dedit illi gloriam Regni, qualem nullus habuit ante eum Rex.* L'Escriture parle en ce lieu de la gloire de Salomon, mais n'est il pas porté

Paral. c. 29.

dans l'Euangile, qu'elle n'approche point de celle des Fleurs de Lys? *Nec Salomon in omni gloria sua opertus est sicut vnum ex istis.* Salomon fut surnommé le Sage, & Louys 13. le Iuste: mais ce Roy de Iudée dégenera de sa Sagesse, & le nostre y profitoit tousiours, comme en Iustice & en toutes les Vertus, *Proficiebat sapientia coram Deo & hominibus.* Salomon à la verité esbloüissoit les yeux, & rauissoit les esprits par l'éclat de sa gloire: la Reyne de Sabba interdite des sens, en rend vn fidel tesmoignage. Ceux qui voyoient la pőpe de sa Cour, pensoient desia entrer en paradis, & n'auoient qu'vn seul regret de ne pouuoir assez admirer l'ordre de ses Ministres, de son train, & de sa Maison: son Throsne estoit d'yuoire, reuestu de pur or, les marches entourées de Lyons, son Diadesme, son Sceptre, ses ornemens Royaux ne pouuoient estre regardez, sans offusquer la veuë des spectateurs, ny estimez, sans surpasser le prix qu'on leur donnoit, *Magnificatus est super omnes Reges terræ.* Voila bien de quoy tant s'esmerueiller, Lovys le Iuste estoit beaucoup plus splendide, & neantmoins plus humble. Ie ne parle point de la gloire exterieure qui l'enuironnoit, de son Louure, de ses Palais, de ses Officiers, mais ie persiste en la considération de sa Iustice, qui le rendoit, sans comparaison, plus Auguste que Salomon: Elle estoit le soustien de son Throsne, qui ne sera iamais esbranlé, *Firmabitur Iustitia Thronus eius*; le puis l'appeller sa Cuirace, *pro Thorace, Iustitiam*, son Bouclier inuincible,

Mat. 6.

Prov. 25. c.

Sap. 5.

Scutum inexpugnabile æquitatem. La Couronne que le Souuerain Monarque luy a mis sur la teste en recompense de ses trauaux, *Reposita est mihi Corona Iustitiæ.*

2. Tim.

Enfin la paix dont le Ciel nous fauorisera, est vn fruict de sa iustice. *Fructus Iustitiæ in pace.* Iugez si Salomon auec toutes ses magnificences luy peut estre esgal en Majesté. En cét équippage il a monté dans Ciel, & a pris place dans la Cour des Bien heureux, où il est esleué sur vn Throsne, basty de pierreries. C'est à ce coup ô Poëtes, que vostre fable est veritable ; vous feigniez que la Iustice auoit quitté la terre, & vollé dans le Ciel. *vltima cælestum terras Astræa reliquit.* Il y a au moins vne verité tres certaine parmy vos Fables, Ie ne sçay pas ce que vous vouliez figurer par ceste inuention, mais ie sçay bien que vous ne pouuiez pas mieux prophetiser. La Iustice habitoit dans les nuës, & la misericorde dans le Ciel, disoit Dauid, *Domine, in cælo misericordia tua, & veritas tua vsque ad nubes.* Mais elle a maintenant son departement dans le Palais celeste, puisque le plus iuste des Roys y a fait son entrée. Ces deux sœurs neantmoins s'accordent assez bien, & viuent en bonne intelligēce, car Dieu ne fait rien, où elles ne se trouuent, & elles ont conserué la mesme alliance dans toutes les actions de nostre Roy, esgalement iuste & misericordieux. Ce seroit donc leurs faire tort, de rompre ceste estroicte vnion en ce discours, & de parler d'vne sans parler de l'autre : mais ie regrette que ie ne puis donner autant de temps a sa Misericorde, que i'en ay employé dans

2. Iac. 3.

1. p. q. 21. a. 4.

ployé dans les loüanges de sa Iustice, puis qu'elle ne luy cede en aucun aduantage. Ie pourrois preferer la Misericorde aux autres Vertus, dont nostre Prince incomparable en toutes estoit orné, sans m'esgarer de la raison, confirmée de l'authorité des Peres de l'Eglise.

Sainct Augustin estime beaucoup la sentence de Ciceron, qui disoit à Cesar, *Nulla de virtutibus tuis nec admirabilior, nec gratior misericordia est.* Et la lumiere de l'Eschole ayant dissipé les broüillards qui sembloient obscurcir ceste verité, & esclarcy les difficultez qui luy faisoient ombre, par vne subtile distinction, monstre clairement qu'entre toutes les vertus qui regardent le prochain, la Misericorde tient la premiere place, la raison en est sans responce & sans contredit, car il luy appartient de respandre ses largesses, pour subuenir aux miseres des pauures, & de remplir le vuide de la necessité par la liberalité de ses faueurs. Ce qui est le propre de Dieu & des Superieurs qui participent sa puissance, laquelle ne paroist auec plus d'esclat que dans le soulagement des affligez. Ie sçay bien que par la charité nous sommes vnis à Dieu, mais par la Misericorde nous luy ressemblons en ses operations; celle là est plus vtile au possesseur, mais celle cy est plus profitable au prochain. Ceste plus grande de toutes les Vertus a possedé entierement le cœur du plus grand de tous les Roys, si sensible aux miseres de son Peuple, qu'il n'en pouuoit entendre parler sans verser des larmes de ses yeux, & presque toutes les richesses de ses Coffres.

9. de Ciuit. Dei

2. 2. q. 30. a. 4.

Ad. 3.

La misericorde est inutile sans la puissance, & la puissance pernicieuse sans la misericorde; mais il a tousiours monstré qu'il ne vouloit faire que du bien, & que ses bonnes volontez ne pouuoient estre priuées de leur effect. Ceste affection si ardente luy causoit mille regrets, toutes les fois qu'il pensoit à la captiuité de ses Subjets, que l'infortune auoit soubsmis à vne autre Couronne. Sa lecture plus frequente estoit de l'histoire, où il recherchoit auec vn soing tres-penible, l'vsurpation des Terres de la France: pour le recouurement desquelles il employoit la sagesse de ses Conseils, & la force de ses Armes

Ne craignez point ô Peuples, l'effort de sa puissance; c'est pour vostre deliurance, que tant de Compagnies assiegēt vos murailles; ces trouppes innombrables de Soldats n'ont ordre que de vous remettre en la premiere liberté que vous auez perdue: recognoissez le bien qu'on vous procure, & en remerciez l'Autheur. Les Generaux d'Armées parloient en ceste façon aux Habitans des Villes soustraittes par force de l'obeïssance deuë à sa Majesté, qui tendoient les bras pour se rendre à leur Maistre legitime, mais qui en estoient empeschez par les Gardes redoublées de toutes les portes. Ce qui obligeoit les nostres de liurer la bataille auec tant de iustice & d'ardeur, que la victoire n'en estoit pas moins prompte qu'équitable. Durant le combat les Eglises estoient pleines de vertueuses Dames & de venerables Vieillards, qui conjuroient le Ciel de fauoriser nostre party, & de leur estre propice, en nous donnant la victoire.

A la prise de leurs Villes on n'entendoit que ces voix d'allegresse, Viue le Roy, qu'il vienne à la bonne heure au Nom du Seigneur, nous ne sommes point malheureux pour estre vaincus. Croiriez-vous qu'ils chantoient tous ensemble le *Te Deum*, comme s'ils eussent acquis vn bien inestimable: & en effect ils n'en pouuoient esperer de plus grand, que ceste heureuse subjection. Arras ne sçauroit nier que les joyes de sa sousmission ne la firent tressaillir aussi haut comme les feux des mines, qui emporterent ses Bastions. Les Citoyens voyans la fin de leurs souffrances auec celle de leur siege, se preparerent à receuoir auec des ceremonies magnifiques, les Trouppes d'vn si bon Roy, à qui ils eussent voulu auoir tousiours obey. L'Histoire remarque que l'Autel de la Cathedrale estoit paré d'vn ornement de velours rouge, parsemé de Fleurs de Lys d'or, le iour que les nostres y entrerent, qui fut la Feste de Sainct Laurens. C'estoit vn tesmoignage de leur affection, ayant conserué si soigneusement ce present des anciens Roys de France, & de leur allegresse, voyant les Lys plantez sous vn Monarque si enclin à la misericorde.

I'aurois icy vn beau champ pour m'estendre sur les resiouyssances des Peuples vaincus, que les effects de sa bonté combloient autant de honte que de faueurs, si ie n'en auois d'autres tesmoins plus illustres. Ils passoient de la crainte effroyable que causoit en leurs cœurs la terreur de ses Armes, à vne joye indicible, qu'ils ne pouuoient suffisamment expliquer par leurs acclamations publiques. Ils regrettoient d'auoir experimenté trop tard, que sa Misericorde esgalloit sa Iustice, & que s'il estoit puissant à surmonter, il ne l'estoit pas moins à pardonner.

L'Empereur Constantin changea ses Armes auec sa Religion : & de sa Lance, qui estoit la foudre de la guerre, il en fit vne Croix, signe de misericorde, pour monstrer qu'il ne respiroit plus que la douceur Chrestienne. Nostre Tres Chrestien Roy a sçeu rendre son Espée terrible & aymable, terrible aux rebelles, aymable aux obeyssants, & à tous fauorable. Moyse a remporté le titre du plus misericordieux des hommes, & pourtant il ne se soucioit point de faire massacrer iusqu'à trois mille personnes de son peuple par les mains de leurs freres & de leurs amis. Il faut qu'il luy cede ce titre, puisque sa douceur estoit infiniment esloignée de telles rigueurs, & auoit le sang extresmement en horreur. L'obstination des rebelles estoit la seule cause de leur ruine, qui le contraignoit de faire violence à son naturel.

La Misericorde raisonnable doit conseruer la Iustice, dit Sainct Augustin, autrement elle degenere de la qualité de vertu dans vne lasche émotion du cœur. C'est pourquoy il ne déclaroit iamais la guerre, sans auoir premieremẽt presenté la paix: mais ses offres estans refusez, il s'armoit puissamment pour tirer par force l'obeyssance, qu'on ne vouloit pas luy rendre par la douceur. Ce n'estoit pas neantmoins sans s'affliger de leur perte, comme Dieu qui gemit, qui se plaint, qui s'afflige d'estre

9. de Ciuit. Dei

forcé par l'excez des crimes, d'en punir les autheurs, *Heu, vindicabor de hostibus meis!* Mais n'ay ie pas promis des tesmoignages plus illustres de sa Misericorde? Oserois ie entrer dans sa Chambre, dont il a fait vne Eglise, pour offrir des Sacrifices & des vœux au Tout-puissant, à qui il recommandoit les Affaires de son Royaume? Quelle plus insigne Misericorde, que de s'oublier soy mesme, pour penser aux autres? de joindre les ardeurs des prieres, aux ardeurs de la fieure? de brusler du feu de la charité en son Ame, & de celuy d'vne cuisante maladie en son Corps? C'est imiter parfaitement Iesus C. qui n'ayant plus que la langue libre, l'employoit à prier Dieu son Pere. Son Testament fut bien different de celuy de Dauid, qui ordonna à son Fils Salomon, luy remettant sa Couronne, de faire mourir ceux qui luy auoient dit des iniures. Il auoit protesté auec serment d'oublier le passé, & donné toute asseurance sur sa parole à Semeï qui l'auoit offensé: & pourtant il eut bien la memoire d'en recommander la punition à son Fils. C'est vne subtilité qui ne me sẽble guere misericordieuse, de iurer par le Dieu viuant de ne point tremper son Espée dans le sang de son ennemy, & à l'heure de la mort en demander vengeance.

Iuraui ei per Dominum dicens, Non te interficiam gladio: tu autem noli pati eum esse innoxium. Tant s'en faut que nostre Roy ait vsé de ces finesses, qu'il a mesme declaré n'auoir aucun ressentiment de haine dans son cœur, si innocent que la dissimulation n'y pouuoit loger. Il regardoit d'vn œil d'amour tous ceux qui auoient le bon-heur de s'approcher de son Lict: il leur presentoit ses mains à baiser, & ne refusoit la visite de personne. Il receuoit neantmoins autant d'affliction que de ioye, en voyant ses fidels Subjets, fondans en larmes proche de sa Couche, & comme la veuë de la Mere du Sauueur & de son Disciple Sainct Iean, fut le plus vif tourment de sa douleur: aussi la profonde tristesse, peinte sur le visage de la Reyne & des Princes, redoubloit la rigueur de sa maladie. D'où n'en pouuant plus endurer l'effort, il pria sa chere Espouse de diminuër ses peines par son absence, car son cœur se fendoit au bruit de ses sanglots. Tant d'objets de pitié capables d'émousser la pointe d'vn esprit, ne peurent diuertir le sien du soing de ses Estats, au bien desquels il voulut pouruoir, deuant son depart de ce monde. Le Roy d'Israël, dont nous venons de parler, preuoyant la fin de ses iours, manda les Princes & les plus remarquables de son Royaume, ausquels il proposa tous les poincts, concernants l'vtilité publique. Mais nostre bon Roy a esté encore plus soigneux de nous procurer la continuation du repos apres sa mort, dont il a tasché de nous faire tousiours iouyr pendant sa vie: Et pour preuenir les troubles qui eussent peu arriuer, il declara la Reyne Regente & Gouuernante de tout son Royaume.

Qu'à iamais on publie vne si charitable preuoyance; toutes ses actions sont dignes d'eternelle memoire; mais celle cy merite des loüanges immortelles de tous les siecles. C'estoit peu à son amour d'auoir veillé à nostre deffense, durant son sejour en ce monde : il l'a estendu dans la suitte des temps, remediant par sa prudence aux incommoditez, qui eussent peu naistre de son absence. Il a voulu qu'il fust de plus longue durée que sa vie, & qu'il eust d'autres bornes que la briefueté de ses iours. Il nous a aymé iusques à la fin, ou plustost il nous a aymé sans fin, puis qu'il a emporté ce mesme amour auec luy dans le Ciel. Pleure donc ô France, pleure la perte d'vn Roy, qui t'aymoit si tendrement ; prie pour celuy qui addressoit tous les iours ses vœux à Dieu, afin de te meriter ses graces : regrette auec des larmes de sang, celuy qui eust voulu prodiguer son sang pour ton salut.

Les pleurs sont de saison, voicy le temps des gemissements, puisque le Pere du Peuple, le Gouuerneur des Villes, le Chef de la Iustice, le Protecteur de l'Eglise est mort. Ayant perdu vn Roy si Iuste & si Misericordieux, quelle consolation pouuons nous esperer ? Que ce ne soit pas de ce discours, il n'en a ny la force ny la fin. En cherche qui voudra, pour moy ie n'en veux point, *Renuit consolari anima mea.* Ie porteray le dueil en mon ame tous les iour de ma vie, toutes mes pensées seront confites en amertumes, & le seul entretien de mon esprit, sera du dommage irreparable de la France, & non seulement de la France, mais de toutes les Prouinces & Royaumes, qui ont perdu leur support en perdant le premier des Monarques. Autre fois vn deluge d'eau noya toute la terre, il semble que tous les Peuples s'estudient à en faire vn autre de leurs larmes, qu'ils ne veulent point finir. Le premier dura quarante iours, mais ie suis certain que celuy cy passera la quarantaine. Les campagnes de Moab furent arrosées l'espace de trente iours, des ruisseaux qui decouloient des yeux des Israëlites, pleurant la mort de Moyse leur Conducteur. Ne mettons point de bornes ny de termes à nos pleurs, mourons de douleur, puisque LOVYS XIII. est mort des fatigues qu'il a endurées pour nous : nos crimes ont abregé ses iours, faisons en penitence : le Iuste a souffert pour les iniustes, sçachons luy en gré. Que l'Eglise Militante fasse des Oraisons continuës pour son deffenseur : ie l'inuite aux larmes, puis qu'elle n'en a iamais eu plus de sujet. I'y conuierois aussi l'Eglise Triomphante, mais ie la voy en des magnificences toutes extraordinaires. C'est qu'elle se resiouït de ce qui nous fait pleurer, & si nous luy en demandons la cause, elle nous dira qu'il luy estoit temps de jouyr de ce Iuste & Misericordieux Roy, qui regnera à iamais dans l'Eternité, apres auoir regné dans le temps. Ainsi soit-il.

SECOND DISCOVRS SVR LE MESME SVIECT,

Faict en l'Eglise des Religieuses Carmelites de Guingamp.

Gubernauit ad Dominum cor ipsius, & in diebus peccatorum corroborauit Pietatem, Ecclesiastici 49. cap. Il a dressé son cœur vers Dieu & affermy la Pieté dans les iours des pechez, *Ecclesiast.* 49. c.

SONT les loüanges que l'Ecclesiastique donne au Roy Iosias, qu'il cede sans contredit au feu Roy de France & de Nauarre LOVIS XIII. puis qu'il a tousiours conuerty son cœur à Dieu, & a restably la Pieté dans son throsne, au temps où les pechez estoient plus en regne. Il faut bien dire que la mesure en estoit comble, puis que le chastiment en a esté si rigoureux. Nos crimes ont attiré les coleres du Ciel, qui nous voyant si mécognoissans des graces qu'il nous faisoit, en nous conseruant vn Roy si sainct & si puissant, nous en a priué par vn iuste iugement. Il y a 33. ans qu'il nous chastia des mesmes verges, & au mesme iour, enleuant par vne mort precipitée son Pere HENRY LE GRAND. O iour doublement fatal! sera-il dict que tu continueras tousiours à nous estre funeste? A iamais on te remarquera pour le plus malheureux, qui ayt ourdy la trame des siecles & de nos miseres. O quel triste meslange de la mort du Fils, & de l'Anniuersaire du Pere! nos larmes ne sçauroient suffire, pour déplorer à part chacun de ces accidents, & neantmoins ils se presentent tout d'vn coup à nos yeux. Si vn object trop vehement blesse les sens, & en empesche les fonctions, le moyen de supporter ces deux si sensibles, sans perdre les sens & la raison? N'estoit-ce pas assez du premier pour accabler nos esprits de tristesse, sans y en adiouster vn second, plus present & plus pressant ? O le pesant fardeau, qui feroit sans doute plier la France, si elle n'estoit soustenuë par vn puissant Atlas ! Dieu par sa bonté nous a donné vn Roy dés que par sa Iustice il nous en a priué. C'est ce qui doit appaiser nos souspirs, afin que vous puissiez entendre, & moy dire quelque chose de ses Vertus.

La Beatitude ne consiste pas en la puissance, car l'vsage en peut estre bon ou mauuais ; ce qui ne peut tomber dans le souuerain bié, infiniment éloigné de ceste indifference. Quand la puissance est jointe à la vertu, il resulte de ceste alliance tout le bon heur que les peuples sçauroient esperer ; mais quand elle loge auec l'impieté, ceste pernicieuse vnion enfante des maux insupportables.

L'Eglise a épreuué l'vn & l'autre sous les regnes des Tyrans, des Nerons, des Diocletians, & sous l'Empire des Princes Chrestiens, des Constantins, des Theodoses, & des Saincts Louys. Mais sans aller chercher si loin ses triomphes, a elle iamais jouy d'vn repos plus glorieux, ses lauriers ont-ils esté plus verdoyants, ny ses victoires plus signalées, que du temps du Tres-Chrestien Roy, son Fils aisné, LOVYS XIII ?

Il a plus vaillamment combatu pour sa deffense, que tous ses predecesseurs, puis qu'il a réduit à son obeïssance tant de Villes rebelles, qui s'estoient fortifiées iusqu'alors dans leur obstination. Elle est entierement redeuable à sa Pieté d'auoir estendu sa puissance dans les terres où regnoit l'Heresie, & planté la Croix dans les Temples de ses Ennemys. Depuis sa ieunesse iusques à la mort il a persecuté ses persecuteurs, & dans les plus viues douleurs de sa maladie, il a recommandé auec affection la Foy Catholique, Apostolique & Romaine à des Mareschaux de France, les suppliant de l'embrasser. Ses discours ont eu leur effect, car ils ont esté suiuis de la conuersion d'vn des plus illustres & plus vertueux Seigneurs le Fils aisné du Mareschal de Chastillon, qui ces iours derniers a professé nostre Religion dans la Capitale du Royaume.

L'amour diuin qui embrazoit son cœur, l'inspiroit de procurer le salut des ames, aussi bien que l'amour de la France l'obligeoit de veiller à sa conseruation. Il a faict vn mariage de la Police & de la Religion, des affaires d'Estat, & de la Pieté, en sorte qu'il a préferé la gloire de Dieu à toutes autres considerations.

Disons donc en son honneur, *Gubernauit ad Dominum cor ipsius, & in diebus peccatorum corroborauit Pietatem.* Arrestons, ie vous prie, nos esprits sur ces paroles ; & voyons premierement comme il a eu tousiours le cœur tourné vers Dieu, & puis, auec quel soin il a fait fleurir la Pieté, nonobstant la malice du siecle.

C'est l'office de ceux qui sont éleuez en dignité, de gouuerner les inferieurs, c'est à dire, de les mouuoir à vne fin conuenable, cõme vn Nautonnier gouuerne bien son vaisseau, quand il le conduit au port. Or nostre Roy que la diuine Prouidence a estably sur les Peuples de la France, n'a cessé de les porter à la recherche du bien souuerain, où consiste la derniere fin des legitimes desirs. 1. 2. q. 102. a. 2.

On ne sçauroit assez louër vn gouuernement si pieux & si sage, mais il est encore plus admirable, quand on se sousmet à sa conduitte. C'est beaucoup de regir ses sujects selon les loix de la raison, mais c'est bien dauantage de s'assujettir soy-mesme à ceste direction. Sa Majesté gouuernoit tous les mouuements de son cœur & les addressoit à Dieu, se proposant le mesme terme, qu'à ses peuples, *Gubernauit ad Dominum cor ipsius.*

Le Iuste, dit l'Escriture, consacrera son cœur au Tres-haut dés le matin, il le priera pour la remission de ses pechez, & il en remportera des assistances signalées dans le maniment de ses affaires. Eccl. 34.

LOVYS le Iuste a fait vn parfaict holocauste de son cœur, plus pur que les astres, à son Createur, qu'il a continué depuis le matin iusqu'au soir de sa vie, augmentant sans cesse le feu de l'amour sacré, dont il a esté à la fin consommé. Dieu qui préside aux Royaumes, compatissant aux miseres de la France, auança la sagesse, la prudence, & les autres qualitez requises dans nostre Monarque, de sorte que dés ses tendres années il égaloit en cognoissance les plus experimentez. Toutes les sciences naturelles furent infuses à Adam, dés le point de sa creation & mesmes il eut des reuelatiõs surnaturelles, autant qu'il en estoit besoin pour conduire ses enfants vers la fin qui excede les forces de la nature. 1. p. q. 94. a. 3.

Ces auantages estoient conuenables à sa condition de principe, qui demande vne entiere perfection; & comme il deuoit estre non seulement le Pere, mais aussi le Docteur de sa posterité, son esprit & son corps ont esté accomplis de tout point, pour s'acquitter de leur office. Les descendans de ce premier des hommes n'eussent pas esté partagez de ces prérogatiues, encore que le peché n'eust point offensé leur innocẽce, car ils les eussent peu acquerir auec le temps. Pour le mesme suject la diuine Prouidence crea par vn miracle aussi necessaire que le precedent des lumieres dans l'esprit de nostre Monarque, & desia Pere de la France, quoy qu'en fort bas aage; à la faueur desquelles il apprit les maximes de plus grande importance pour le gouuernement de l'Estat.

1\. p. q. 95. a. 3.

Ces lumieres qui éclairoient son entendement estoient accompagnées de sainctes ardeurs qui échauffoient sa volonté. De sorte que comme le premier Pere fut remply non seulement de la science, mais encores de toutes les vertus : de mesme il receut du Ciel de sublimes cognoissances, & le Sainct Esprit versa la charité dans son cœur, auec les autres qualitez qui la suyuent, d'où naissoient tant d'actes de pieté qui rauissoient les Anges. Il commença deuant le temps ordinaire à auoir de hauts sentimens de Dieu, & vn amour incomparable de sa bonté; lequel croissant tous les iours, est venu au terme; & enfin il a falu sortir de ce monde, pour aller le continuër auec les bien-heureux.

1\. p. q. 62. a. 9.

La diuine Sagesse a destiné des termes à tous les mouuements, & des degrez de sainctteté & de merites, lesquels ayant atteints, on ne peut aller plus outre. Et partant il ne faut pas s'estonner s'il a finy la course de si bonne heure, l'ayant commencée si tost; & s'il est venu au comble des merites deuant que d'approcher de la vieillesse, en ayant faict vn si grand amas dés sa ieunesse.

Les Anges ont terminé leur course en vn instant, ils ont obtenu la Couronne par vn seul effort, & possedé la beatitude par vn simple acte de leur volonté, entierement possedée de l'amour diuin. Les Hommes n'ont pas ces auantages d'operer auec tant de promptitude, leur mouuement est plus lent, & leur affection moins violente; c'est ce qui les retarde dans le chemin du Ciel, & les empesche d'arriuer si tost à leur chere Patrie. Tous ne sont pas pourtant si languissants : les vns ont bien plus d'actiuité, & aussi ils obtiennent plustost le but de leurs desirs. Ie croy que c'est la raison de la briefueté de sa vie, & que la ferueur de sa deuotion, ayãt monté à son zenith, & touché le dernier point de sa perfection, a mis fin à ses iours, pour iouyr d'vn repos perdurable, où il n'y a ny surcroist ny diminution de merites, mais vne perpetuelle consistence. S'il eust vn peu moderé les sainctes flames de son cœur, il n'en eust pas esté si promptement consommé. Si ses mouuemens vers le Ciel n'eussent point esté si vistes, il eust demeuré plus long temps auec nous, & nostre bon-heur eust tiré son accroissement du retardement de sa beatitude.

Mais n'ay-je pas tort de preferer nostre vtilité à son plus grand bien? de desirer qu'il n'eust point esté si tost possesseur de la gloire, pour veiller plus long temps à nostre deffense? d'aymer mieux le delay de sa beatitude, que de souffrir les dommages de son absence? Ie me trompe sans doute, la douleur m'empesche d'ajuster mes pensées & mes discours, car il n'eust pas moins esté bien-heureux, quoy que conuersant en ce monde, il eust peu iouyr de la felicité du Ciel, & nous du bon-heur de sa protection: son estat de Voyageur n'eust point esté different de celuy de Comprehenseur: iugez sie dis vray.

La parfaitte beatitude des creatures consiste dans vn rapport à celle du Createur, d'où elle deriue: Or il est bien-heureux par la cognoissance & l'amour de son Essence: Donc cét exercice est aussi le fondement de leur bon-heur. Qui ne sçayt que l'employ continuel de ce sainct Roy, estoit à contempler & aymer Dieu? dans la presence duquel il marchoit tousiours, soit dans les batailles, soit dans les triomphes, aussi bien parmy le tracas des affaires, que das le repos de la contemplation? Et comme Dieu ne desiste point de se regarder & de s'aymer; aussi il n'interrompoit iamais ces actes de son entendement & de sa volonté, qu'il exerçoit sans cesse dans ce bien-heureux employ.

La beatitude consiste dans l'acte, & non dans l'habitude, car ce n'est pas assez de pouuoir operer, si on ne se sert de cette puissance. L'habitude de la Charité dont Dieu auoit reuestu son Ame, n'estoit point en repos, ou plustost elle y estoit tousiours, puis qu'il gist dans l'actuel exercice.

Sa deuotion parut en son plus grand éclat le iour de son Sacre, qui n'éblouissoit pas moins les yeux des spectateurs, que la magnificence des Ceremonies qui y furent obseruées. On le voyoit si attentif, si modeste, si graue, si pieux pendant le Seruice diuin, qui fut fort long, que toute la Cour en estoit émerueillée.

A l'issuë de son Couronnement il estoit aussi allegre comme s'il n'eust point passé toute la matinée dans l'Eglise; & lors qu'vn Seigneur luy dist, Sire, pour combien voudriez-vous encor souffrir autant de peine? il luy respondit ioyeusement, pour vne autre Couronne. Il en a sans doute supporté vne infinité pour la Couronne de gloire, qu'il preferoit à toutes celles du monde.

Son cœur n'estoit pas dans les grandeurs de la terre, mais dans les vrais honneurs du Paradis, qu'il desiroit par dessus toutes choses. Il viuoit dans la Cour, auec autant d'austerité, comme dans les Cloistres; il estoit humble parmy les grandeurs, chaste parmy les delices, deuot parmy les diuertissements & les tumultes des affaires. Il estoit vny si intimement à Dieu, qu'aucune affection contraire à sa saincte volonté n'auoit place dans son cœur.

1. p. q. 12. a. 2. L'Essence Diuine s'vnit immediatement à l'esprit des Bienheureux, sans qu'il interuienne aucune espece crée entre l'object & la puissance. Ainsi son vnion auec Dieu estoit si estroitte qu'elle ne souffroit le meslange d'aucun amour estranger. Dans l'Eglise il prioit auec tant de ferueur, il assistoit aux Sermõs auec tant d'attention, il frequentoit les Sacrements auec tant de pieté, qu'il sembloit vn Ange descendu du ciel.

Les 24. Vieillars de l'Apocalypse, qui iettoient leurs Courõnes, & se prosternoiẽt en toute humilité deuãt le throsne de l'Agneau, n'approchoient point du zele auec lequel il déposoit son Sceptre & son Diadesme aux pieds des Autels, pour rendre hommage au souuerain Monarque. On n'a iamais leu dans les Histoires vn acte de Pieté pareil à celuy qu'il fist, quand par vne inspiration diuine, il voulut faire entendre à ses Peuples que ses Victoires estoiẽt des faueurs dont le Ciel combloit son Royaume. Et afin que dans toute l'estenduë de son Empire ceste confession de sa recognoissance fust publiée, il ordonna que tous les ans on feroit vne Procession solemnelle le iour de l'Assomption, pour remercier la diuine Maiesté des bien faicts receuz, & en meriter la continuation.

Il pouuoit aussi hardiment que Dauid se vanter que sa confiance estoit non dans la multitude de ses Soldats, quoy que prodigieuse, ny dans la force de ses armes, quoy que terrible, ny dans la sagesse de son esprit, quoy qu'admirable, mais seulement en la protection de Dieu, *Non enim in arcu meo sperabo, & gladius non saluabit me*: Aussi il en a remporté de signalées assistances, & toutes ses entreprises ont esté suiuies d'heureux succez.

Mais ce que i'admire particulierement dans ses exercices de Pieté, c'est sa deuotion à la saincte Vierge. Combien de vœux n'a-il point appendu à ses Autels? De quels riches Presents n'a-il point orné les Eglises où elle est honorée? L'Eglise Cathedrale de Nostre Dame à Paris, Nostre Dame des Ardillieres à Saumur, Nostre Dame de Lorette dans la Marche d'Ancone, & vne infinité d'autres.

Ie passe legerement par dessus ceste matiere, qui meriteroit vn discours entier, pour m'arrester à le voir faire vn transport de sa Couronne à la Reyne des Cieux. O qu'il luy portoit d'amour, de deuotion, de respect! Il fist faire vn Tableau qui representoit aux yeux de tout le monde les saincts mouuements de son esprit.

Ie ne pouuois assez le contempler, agenoüillé deuant l'Image de Nostre Dame, en la grande Eglise de Paris, tenant sa Couronne en la main, & luy en faisant vn humble present: vis à vis est dépeinte la Reyne, qui accompagne ses vœux, & seconde sa deuotion.

Que les autres Royaumes prennent telle sauuegarde qu'ils voudront, celle que nostre Roy a choisie est la plus heureuse. Il nous a mis entre les mains de la Vierge, Quel azyle plus asseuré? Il ne pouuoit nous procurer vn plus grand bon-heur, non plus que nostre Sauueur à Sainct Iean, qu'il commist à sa bonté maternelle.

Il auoit leu comme saincte Therese déposa les clefs de son Monastere deuant l'Image de la Vierge, luy en laissant tout le soing: Et à son exemple il éleut la Reyne des Anges pour protectrice de sa Personne, & gouuernante de ses Estats.

Tous ceux donc qui se declarent ennemys de la France, se déclarent aussi ennemys de la Vierge, puis que c'est son Royaume, son sejour, & son heritage,

Hoc Regnum Dea gentibus esse,
Si quà fata sinant, iam tum tenditque, fouétque.

Le Croissant de Mahomet sera foulé sous les pieds de ceste glorieuse Princesse, enuironnée de rayons plus brillants que le Soleil. La Vision de Sainct Iean aura son effect dans la destruction des Turcs par les François, qui combattent sous les auspices de ceste vaillante Amazone.

Que la Vierge eust le Vœu agreable de ce deuot Monarque, qui luy offroit non seulement son cœur, mais encore toutes les affectiōs de ses Sujects, comprises dans les siennes, comme les volontez de tous les Hommes dans celle d'Adam. Ie pourrois monstrer l'excellence, l'vtilité, les fruicts, & les auantages de ce Vœu solemnel; mais ie suis si pressé de tant d'objects de sa Pieté qui se presentent à mon esprit, que ie n'ay pas mesme loisir de les nommer. Ie passe par dessus, pour conuertir tout mon discours aux actes de l'amour de Dieu, qu'il multiplioit cent fois le iour pendant sa maladie.

C'est icy où ie demande vostre attention, & des larmes de ioye aussi bien que de tristesse. Pleurez de douleur voyant vostre Roy souffrir les cuisantes ardeurs de la fiévre: Pleurez de ioye, voyant son esprit si éleué en Dieu, qu'il semble n'auoir aucun commerce auec le corps, Depuis le 21. Feurier qu'il fut atteint de maladie, au retour du voyage où le bien de la France l'auoit porté, iusques au 14. de May, iour de son decez, il s'entretint continuellement auec son Sauueur, Vous me visitez, mon *Iesus*, disoit-il, auec vostre Croix, mais elle m'est fort douce, & me donne vne grande consolation. Vous voulez que ie patisse, pour vous estre semblable, & que ie sois vne image de vos douleurs, comme ie le suis de vostre

Majesté. Ie vous remercie de l'vne & de l'autre gratification. C'est peu de vous ressembler regnant, si on ne vous ressemble patissant. Augmentez mes douleurs, auec la patience, & me donnez la force de les supporter à vostre gloire. C'estoit le refrein ordinaire de ses oraisons, qui est vn parfaict modele de resignation à la volonté Diuine.

Le Roy Ezechias ayant ouy la nouuelle de sa mort, prophetisée par Isaye, se mist à pleurer, & à demander du delay à Dieu : Ressouuenez-vous, Seigneur, que i'ay marché tousiours en vostre presence, que ie vous ay seruy de bon cœur, & en toute sincerité, ne m'ostez pas si tost de ce monde, laissez-moy encore vn peu viure: ie vous en coniure. En consideration de ses larmes, & de ses bons seruices, Dieu en eut compassion, & luy prolongea ses iours, parce qu'il auoit tant de regret de mourir.

Si nostre Roy plus sainct qu'Ezechias, & beaucoup plus constant, eust voulu faire la moindre priere à Dieu pour s'exempter de la mort, qu'il voyoit tous les iours s'approcher par vne euidente diminution de ses forces, il eust encore vescu plusieurs années. Sa Priere eust eu autant de force que celle d'Ezechias, sa vie ayant esté aussi innocente. Mais sa fermeté inébranlable le fist se resigner entre les mains de la Prouidence diuine, auec vne prompte obeyssance à tout ce qu'il luy plairoit d'ordonner. Le mal s'augmétant, sa deuotion croissoit également, & de peur d'estre surpris, il demanda de bonne heure les saincts Sacremens de l'Eucharistie, & de l'Extresme Onction. O sentimens dignes du Fils aisné de l'Eglise! La Messe fut celebrée en sa chambre durant laquelle il se préparoit à la Communion, produisant des actes d'amour de Dieu, du mépris du monde, de Foy, d'Esperance, de Charité.

Il faudroit vn Ange du ciel pour vous exprimer auec quelle humilité & deuotion il receut son Createur. Il fist instance qu'on luy dōnast l'Extresme-Onction, mais on luy representa que c'estoit le dernier Sacrement de l'Eglise, qui ne doit estre conferé que dans l'extremité, & qu'il y auoit encore esperance de sa santé : il obeït à la saincte institution de l'Eglise, & ne receut alors que l'Eucharistie: mais il repeta sa premiere demāde dés qu'il sentit peu de temps apres de nouuelles langueurs : & ainsi estant muny de tous ces Sacremens, il n'attendoit que l'heure de son depart. Vous auez sçeu la lecture qu'il fist faire de l'Imitation de Iesus-Christ, de la Philothée du Bien-heureux De Sales : il eut le courage de vouloir voir l'Eglise de Sainct Denys, disant, Voila ma maison, où ie reposeray.

ray, attendant la Resurrection. Il leuoit ses mains, comme Dauid, vers le Temple, & pouuoit dire auec luy, *Extollo manus meas ad Templum sanctum tuum.* Il regardoit la mort d'vn œil aussi serain que les plus courageux Martyrs: il s'escrioit auec S. Paul, *Cupio dissolui, & esse cum Christo.*

Voyla vn crayon imparfaict de ses perfections; mon pinceau estant trop grossier pour dépeindre les élans, les ferueurs, les extases de son esprit, ie ne me suis arresté qu'aux actions generales de sa Pieté, laissant à vos esprits la porte ouuerte, pour entrer dans la consideration des particulieres.

Mais comme ce n'est pas assez à vn Prince estably de Dieu pour regir les Peuples, d'estre bon pour luy, s'il ne communique sa bonté à ses Sujects: il s'est particulierement estudié à faire fleurir la Pieté dans son Royaume, aussi bien que dans son cœur, *& in diebus peccatorum corroborauit Pietatem.*

Iosias, que l'Escriture honore de ceste loüange, fut vn vertueux Prince: il n'estoit âgé que de huict ans (& le nostre que de dix) quand il prist les resnes du Royaume d'Israël, que Dieu cherissoit par dessus tous, car la Monarchie Françoise n'estoit pas encore, il ne regna que 31. an (& le nostre que 33.) mais il fist tant d'exploits genereux, & apporta tant de soin à restablir le culte du vray Dieu, qu'il passe pour vn des plus saincts qui ayt manié ce Sceptre.

Nous l'auons pourtant veu de beaucoup inferieur en Pieté à nostre Roy, qui ne pensoit qu'à Dieu, qui ne viuoit qu'en Dieu, & qui n'est mort que des traits de l'amour de Dieu.

Suyuons nostre Texte, & nous découurirons encore de plus grands auantages en sa conduitte. Iosias fut si viuement touché de la lecture du Liure du Deuteronome, trouué par le grand Prestre dans le Temple, qu'il rompit ses vestements, & enuoya consulter le Seigneur touchant les malheurs qui deuoient arriuer à son Peuple preuaricateur de la Loy diuine. Pour responce, Dieu luy fist sçauoir qu'il puniroit seuerement ses sujects, & qu'il feroit porter à son Royaume toutes les peines mentionnées en la Loy, pour venger le mépris de ses Ordonnances, mais qu'il en differoit le chastiment apres sa mort, à cause qu'il s'estoit humilié, & auoit tremblé de peur entendant la publication de la Loy. 4. *Reg. c.* 2.

Ce Roy fist entendre à tout son peuple la volonté de Dieu, comanda aux Prestres de jetter hors du Temple les Vases qui auoient seruy au faux Dieu Baal, de les brusler hors de la Ville, dans la vallée de Cedron, & d'en porter les cendres dans Bethel. Il fist mourir tous les Augures qui estoient destinez aux Sacrifices, & tous les Idolatres qui adoroient les Astres : il desfit, ruyna, saccagea les Idoles, leurs Bois, leurs Autels, & fist mesme fouiller dans les Sepulchres, déterrer & brûler les os de ceux qui leur auoient offert de l'encens. Voyla toutes les prouësses de ce Roy si recommandé dans l'Escriture. Ie vous laisse à penser quelles loüanges elle luy eust données, s'il eust égallé les actions beaucoup plus memorables de Louys le *Iuste* ? C'est à sa vertu que la France doit les faueurs innombrables dont le Ciel l'a comblée : si elle n'a pas esté chastiée selon ses démerites, qu'elle en rende graces à sa Pieté : si *Iosias* a détourné pour vn temps l'ire de Dieu, preste à tomber sur ses Terres, parce qu'il le consulta dans son estonnement, & n'eut point recours comme l'impie Ochozias à Beelzebuth.

La confiance de Louys le Iuste en la diuine misericorde, nous en a merité les effects, au lieu que nous meritions les rigueurs de sa Iustice. Iosias a monstré vn grand zele au culte diuin : mais nostre Roy y a esté porté d'vne affection encore plus vehemente. Iosias renuersa les Autels, & luy les Villes où l'honeur estoit denié au vray Dieu. *Iosias* extermina les Idolatres, & luy les Heretiques. *Iosias* alla les chercher dans les montaignes, où ils n'auoient aucune deffense : & luy les a attaquez & vaincus dans les plus fortes places, où ils logeoient leurs esperances. Iosias fist publier au peuple les volontez & les Loix de Dieu : & luy auoit vn soing extresme de pouruoir de bons Predicateurs à tous ses Dioceses, qui n'ont iamais possedé de plus sçauans & plus eloquens Euesques.

Est-ce tant de merueille d'auoir déraciné des arbres, renuersé de petites cases, démoly des cabanes où les Idoles estoient adorées ? C'est sans comparaison vn suject plus digne de loüange & d'admiration d'auoir osté à l'Heresie son donjon, de l'auoir delogée de sa forteresse qu'elle tenoit inuincible ; en vn mot, d'auoir pris la Rochelle,, Montauban, Sainct Iean d'Angely, & tous les lieux vsurpez par les ennemys de la Religion & de l'Estat. Qui a operé toutes ces merueilles ? ç'a esté le bras inuincible de nostre Monarque, qui a vaincu l'enfer, dissipé ses trouppes, dompté ses confederez, & triomphé de toutes ses puissances. Disons hardiment qu'il a mis la Religion en son plus haut poinct, qu'il a remporté des victoires, que tous ses Predecesseurs n'auoient peu gaigner ; & qu'il a chassé hors de ses terres l'Heresie, qui s'y estoit establie auec tant de souueraineté.

Le Roy Iosaphat n'a point d'autre mauuaise note en sa vie, que d'auoir enduré qu'on sacrifiast dans les lieux deffendus : il fut sage, pieux, craignant Dieu, *Veruntamen excelsa non abstulit, adhuc enim populus sacrificabat, & adolebat in excelsis.* La mesme tache ternit le lustre des actions vertueuses d'Asa, qui chassa les impudiques, qui purgea la terre des infections de l'Idolatrie dont elle estoit souillée, qui s'estudia de plaire à Dieu, *Excelsa autem non abstulit.* Le Roy Amasias eust esté irreprochable, *Nisi hoc tantùm, quòd excelsa non abstulit* : c'est à dire, qu'il ne désist pas des Oratoires basties sur des hautes colines, où le peuple immoloit. 3. *Reg.* 22. 3. *Reg.* 15. c. 4. *Reg.* 14. c.

On ne peut faire ceste restriction parlant de Louys le Iuste, il a esté entierement parfaict, & n'a point eu de repos qu'il n'ayt ruyné, abbatu, foudroyé les Forts, les Citadelles, les Chasteaux où s'estoient cantonnez les ennemys de la Foy. Les Roys de France ses predecesseurs meritent beaucoup de loüanges, mais non celle-cy, qui luy est particuliere, d'auoir subjugué les Heretiques.

Ie veux qu'vn chacun d'eux ayt eu toutes les qualitez recommãdables, *veruntamen excelsa non abstulit.* Aucun n'a abbatu ces pointes éleuées des Tours Rocheloises, qui portoient la superbe des Caluinistes iusques dans les nuës. Vne défaitte si glorieuse estoit reseruée à la Pieté de nostre Iuste Roy, qui fera viure sa memoire dans tous les siecles. Ie ne parle point de la fuitte qu'il fist prendre aux Heretiques, les chassant des Villes de Cognac, Bergerac, Saincte Foy, Tonnin, Nerac, & plusieurs autres Places de Guyenne, qu'ils occupoient. Il les a dethronez du Bearn, où ils continuoiẽt leurs rauages depuis cinquante ans. Les Ecclesiastiques bannis furent restablis en leurs biens, les Eglises ruïnées furent superbement rebasties, & la Religion fleurit dans vn pays, où les Diables croioiẽt auoir estably leur souuerain Domaine, *& in diebus peccatorum corroborauit Pietatem.*

S'il y a encor des Heretiques en France, ce n'est pas manque de les auoir persecutez ; car sa Iustice equitable les a dégradé d'honneurs, de Charges, de Gouuernements, & ne leur a laissé qu'vne vie honteuse, priuée, abjecte, qui merite plustost le tiltre de mort que de vie. Dieu souffre les meschants dans le monde pour vn plus grand bien, ou pour en tirer leur conuersion, ou pour donner aux bons l'occasion d'augmenter leurs merites, en exerçant leur patience ; Ainsi sa bonté Royalle s'est contentée de les auoir reduits au petit pied, d'auoir humilié leur orgueil, & mis en vn estat, où s'ils n'estoient insensibles, ils verroient leur erreur, cause de leurs miferes. Recognoissez, ô saincte Eglise, quelle gloire vous a enfanté par ses trauaux vostre Fils aisné; qui n'a épargné ny ses Armes, ny sa Personne pour vostre exaltation. Que vous estes belle maintenant, ô Eglise Gallicane, il n'y a plus de tache en vous; il a osté toutes les laideurs qui ternissoient vostre lustre, non seulement en purgeant le pays des Heretiques, qui vous auoient desolée, mais aussi en retrenchant les desordres par ses sainctes Loix. Que d'abus dans la multiplication des Benefices, dans la prodigalité des biens de l'Eglise, dans l'administration des Sacrements il a déraciné.

Ce sont les premieres Ordonnances qu'il a faict dés son heureux aduenement à la Couronne, touchant le reglement du Clergé, des Abbayes, des Monasteres, preferant le Seruice diuin à la Police des choses exterieures. Il a cherché l'auancement du Royaume de Dieu, qui a esté l'auancement du sien: & joignant la Pieté auec la Puissance, il a restably la Religion dans son premier estat.

Nous ne pouuons pas nier que l'Empereur Louys le debonnaire, n'ayt eu fort à cœur sa deffense, puis qu'il témoigna par vne grande abondance de ses larmes à l'heure de la mort, qu'il n'auoit d'autre regret de sortir de ce monde que de laisser l'Eglise agitée de trouble. Mais ie croy que la plus grande consolation qui adoucissoit les douleurs aiguës dont Louys le Iuste estoit trauaillé sans les auoir meritées, naissoit du repos majestueux que l'Eglise possede par son trauail. Louys Neufiesme vn des plus grands Saincts du Paradis, luy auoit inspiré son zele, pour maintenir les interests de Dieu, & amplifier sa gloire. Il ne luy auoit seulement pas transmis son Nom & son Sang, mais aussi toutes ses vertueuses qualitez.

Aussi voyez leurs actions, combien elles ont de rapport. L'vn & l'autre entreprit la guerre pour le soustien de la Foy, deffendit sous de griefues peines les Blasphemes, les Duels, les Concussions, les Symonies, punit rigoureusement les impies par le feu & les flames, sans pouuoir estre flechy au prejudice de la Iustice. Le Vice n'a iamais esté si rabbaissé, ny la Vertu si éleuée: on peut dire que son Regne a esté celuy de la mesme Pieté: & que comme il possedoit à double tiltre le nom de Roy Tres-Chrestien, & par heritage, & par ses propres Vertus: aussi son Royaume meritoit iustement d'estre appellé le Royaume Tres-Chrestien, à cause d'vn nombre infiny de bonnes œuures, dont l'exemple de ce Prince estoit le principe. Agesilaüs Roy des Lacedemoniens auoit souuent ceste sentence en la bouche, au rapport de Plutarque, que si le Roy veut porter ses Soldats à quelque genereux exploict, il doit leur monftrer l'exemple, & mettre le premier la main à l'œuure. Le nostre a faict des actions si heroïques, qu'on ne les peut parfaittement imiter, & donné de l'exercice aux plus vertueux, qui ne sçauroient approcher du degré éminent de sa perfection.

Aristote remarque vne proprieté dans l'escarboucle, qu'elle a la vertu d'imprimer son image dans les autres pierreries, & est incapable de receuoir aucune figure estrangere : ainsi les rayons que nostre Roy répandoit par ses actions vertueuses, grauoient l'image de la Pieté dans les cœurs de ses sujects, qui taschoient de se conformer à son exemple. Paris la veu souuent aller par les ruës à pied, le Chappelet en main iusques à Nostre Dame de Vertus, distante plus d'vne lieuë du Louure, & toute la Cour le suyuoit auec si grande modestie & ~~vne~~ deuotion, que tous les esprits de la Cour celeste regardoient ceste belle Procession auec admiration : Tant l'exemple d'vn Prince a plus de force que ses Armes.

Il faut aduouër que nous auons perdu vn Roy le plus deuot, le plus aymant Dieu, & le plus ayme de Dieu, qui ait porté Couronne. *Gubernauit ad Dominum cor ipsius, &c.* Nous aurions subiet de tomber dans le desespoir, si ce n'estoit l'esperance certaine, que la pieté ne descherra point sous vn Roy si bien né, dont le Ciel nous a pourueu. Vne si vertueuse Princesse qui a pris la Regence du Royaume par vn pur desir de seruir Dieu, & assister ses Subjets, nous asseure qu'elle maintiendra tousiours en bon estat, qu'elle couppera le pied aux dereglemens, & que son vnique repos sera de ne reposer iamais pour le bien de la France. Ceste pensée nous deuroit donner quelque consolation dans le milieu de l'affliction; mais le moyen de penser à la Reyne, sans fondre en larmes, la voyat gemir comme vne Tourterelle ? O Ciel, nous sommes abbatus de tristesse, releue nostre courage, nous sômes dans vne sombre nuict, enuoye ta lumiere, nous pleurons auec sujet, sois touché de nos miseres, monstre toy plus propice à nos vœux ; c'est temps que tu finisse tes disgraces, & moy ce discours.

FIN.

L'Effigie ou Pourtraict du Roy, dans son Lict d'Honneur

LVDOVICI XIII EPICEDIVM

Vna dies Iustam Sobolem Magnúmque Parentem
Eripuit Gallis, Cælitibúsque dedit.
Quæ lugenda priùs crudeli funere Patris,
(Haud incerta cano) splendida semper erit.
Nam Christus scandens LODOÏCVM *vexit in auras.*
Huic igitur Diuo iure dicanda dies.

IACOBVS DOVBLET, Canonicus.

LVDOVICI XIII

EPICEDIVM

[illegible]

[illegible]

[illegible]

[illegible]

[illegible] LODOICVM [illegible]

[illegible]

IACOBVS DOVBLET, Canonicus.

www.ingramcontent.com/pod-product-compliance
Lightning Source LLC
Chambersburg PA
CBHW060846180626
46818CB00004B/1603